Les cerfs

Le cerf de Virginie, le cerf mulet, l'orignal, le wapiti et le caribou

Texte de Deborah Hodge

Illustrations de Pat Stephens

Texte français de Martine Faubert

J'EXPLORE
LA FAUNE

Les éditions Scholastic

Pour Dave, avec toute mon affection. – D. H.
Pour Mike. – P. S.

Pour la révision de mon manuscrit, je remercie Barry Saunders,
expert-biologiste travaillant actuellement comme consultant en aménagement
de la faune et auparavant comme biologiste à l'emploi du ministère
de l'Environnement de la Colombie-Britannique.

Merci également à toute l'équipe de Kids Can Press,
en particulier à la directrice de la collection, Valerie Wyatt,
et à mes éditeurs, Valerie Hussey et Ricky Englander.
J'éprouve toujours un immense plaisir à travailler avec eux.

Je remercie aussi Pat Stephens, pour son remarquable travail d'illustratrice,
et Marie Bartholomew, pour la conception graphique de la collection,
magnifique à tous points de vue.

Données de catalogage avant publication (Canada)

Hodge, Deborah
  Les cerfs, le cerf de Virginie, le cerf mulet, l'orignal,
le wapiti et le caribou

(J'explore la faune)
Traduction de : Deer, moose, elk and caribou.
ISBN 0-439-00478-0

1. Cerfs - Ouvrages pour la jeunesse. 2. Orignal - Ouvrages
pour la jeunesse. 3. Wapiti - Ouvrages pour la jeunesse. 4.
Caribou - Ouvrages pour la jeunesse. I. Stephens, Pat. II.
Faubert, Martine. III. Titre. IV. Collections.

QL737.U55H6214 1999 j599.65 C99-930583-2

Édition publiée par Les éditions Scholastic, 175, Hillmount
Road, Markham (Ontario) L6C 1Z7, avec la permission de
Kids Can Press Ltd.

Rédaction : Valerie Wyatt

Conception graphique : Marie Bartholomew

4 3 2   Imprimé à Hong-Kong   1 2 3 4 / 0

Sommaire

La famille des cerfs   4

Les cerfs d'Amérique du Nord   6

L'habitat   8

Les migrations   10

L'alimentation   12

Les parties du corps   14

La manière de se déplacer   16

Les mœurs   18

La naissance   20

La croissance et l'apprentissage   22

Les moyens de défense   24

Les cerfs et les humains   26

Les cerfs dans le monde   28

Les traces   30

Les mots nouveaux   31

Index   32

La famille des cerfs

Les cerfs sont des bêtes sauvages qui vivent dans la nature. Ils ont de grands yeux, l'ouïe très fine et l'odorat bien développé. Ils font appel à ces trois sens pour déceler le danger. À la moindre alerte, ils déguerpissent à toute vitesse.

En Amérique du Nord, la famille des cerfs est représentée par le cerf de Virginie, le cerf mulet, l'orignal, le wapiti et le caribou. Tous les cerfs se nourrissent de plantes et ont les pattes qui se terminent par des sabots. Les mâles portent des bois sur la tête. La femelle s'appelle une biche et le petit, un faon. Mais on dit une orignale et son veau.

Les cerfs sont des mammifères. Les mammifères ont le corps couvert de poils. Ils ont le sang chaud et ils respirent à l'aide de poumons. Leurs petits se nourrissent du lait maternel.

L'orignal est le plus grand de tous les cerfs
du monde. Ses bois peuvent peser aussi
lourd qu'un enfant de 11 ans, c'est-à-dire
environ 40 kilos.

Les cerfs d'Amérique du Nord

En Amérique du Nord, on trouve cinq espèces de cerfs. Ce sont le wapiti, l'orignal, le caribou, le cerf de Virginie et le cerf mulet.

Le wapiti est un animal bruyant. Le cri du mâle commence par un mugissement, se poursuit par un son claironnant et se termine par des grognements étouffés. On appelle cela bramer. La femelle wapiti peut peser jusqu'à 300 kilos. Le mâle pèse jusqu'à 450 kilos.

L'orignal (aussi appelé «élan d'Amérique») est de la taille d'un grand cheval. Un gros mâle peut peser jusqu'à 800 kilos. Malgré sa taille imposante, l'orignal sait se déplacer silencieusement dans le sous-bois.

6

Le cerf mulet a de grandes oreilles, comme le mulet.
La pointe de sa queue est noire. La femelle pèse jusqu'à 72 kilos.
Un gros mâle peut atteindre 215 kilos.

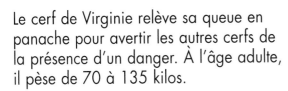

Le cerf de Virginie relève sa queue en panache pour avertir les autres cerfs de la présence d'un danger. À l'âge adulte, il pèse de 70 à 135 kilos.

Le caribou (aussi appelé «renne du Canada») vit dans l'extrême nord du continent américain. Son corps est couvert d'une épaisse fourrure qui le tient bien au chaud. Chez les caribous, le mâle et la femelle ont des bois. La femelle peut peser jusqu'à 135 kilos et le mâle, deux fois plus.

L'habitat

Les cerfs vivent généralement dans les régions boisées. Ils y trouvent de la nourriture et des endroits pour se cacher, en cas de danger.

Les orignaux préfèrent les endroits boisés ou marécageux. Ils se nourrissent principalement de plantes aquatiques.

Les caribous vivent dans les régions nordiques, où il fait toujours froid, comme dans la toundra arctique. Ils se déplacent continuellement, en quête de leur nourriture.

Les wapitis se plaisent dans les hautes montagnes, où ils ont peu de chances de rencontrer des humains.

Ces cerfs de Virginie n'ont aucun mal à se cacher dans le sous-bois.
Grâce à la couleur de leur pelage, qui est semblable à celle des troncs
d'arbres et des broussailles, ils se fondent dans leur environnement.

Les migrations

Certains cerfs changent de territoire, suivant les saisons.
On dit qu'ils migrent.

En été, le wapiti et le cerf mulet se plaisent à vivre dans
les prairies alpines. À l'approche de l'hiver, ils migrent
vers les basses vallées afin d'y trouver de la nourriture.

Au printemps, les caribous se rassemblent en immenses groupes (appelés hardes)
pour migrer vers les régions nordiques où ils se nourriront tout l'été. Pour s'y rendre,
ils doivent traverser de vastes territoires encore couverts de neige et de dangereuses
rivières en crue. En route, les femelles donnent naissance à leurs petits. Très peu de
temps après leur naissance, les petits peuvent déjà marcher et suivre la harde dans
sa migration. L'automne venu, les caribous migrent de nouveau vers le sud.

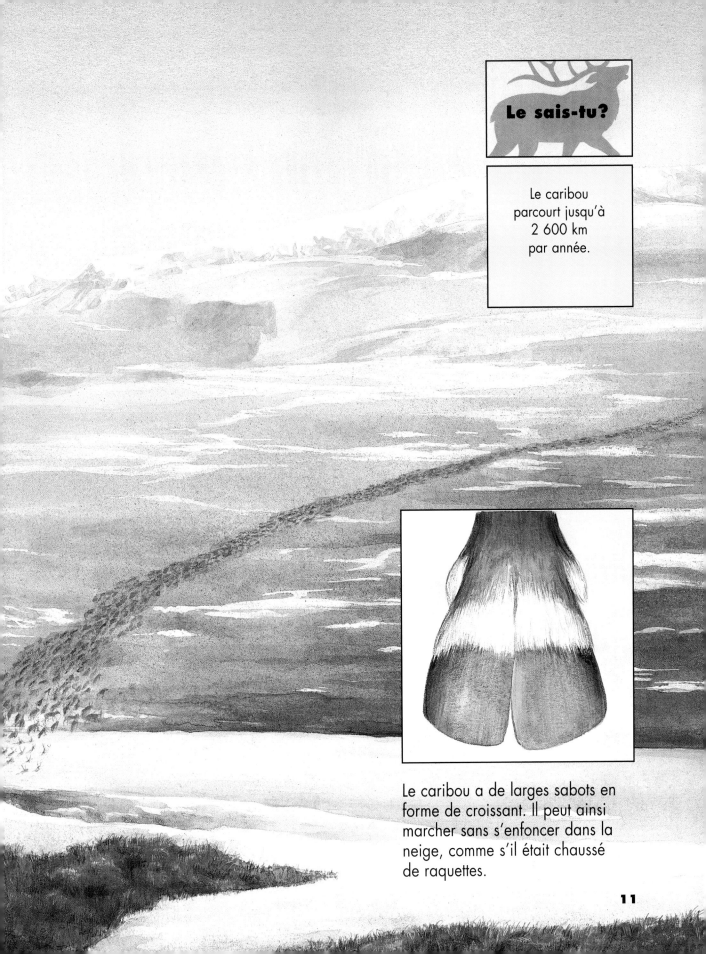

Le caribou parcourt jusqu'à 2 600 km par année.

Le caribou a de larges sabots en forme de croissant. Il peut ainsi marcher sans s'enfoncer dans la neige, comme s'il était chaussé de raquettes.

L'alimentation

Tous les cerfs se nourrissent de plantes. En été, ils mangent de l'herbe et des feuilles. En hiver, ils doivent se contenter de brindilles, d'écorce et de lichen.

Les cerfs sont toujours aux aguets, dans la crainte d'une présence ennemie. Ils ne s'arrêtent donc jamais bien longtemps pour manger. D'un coup de dents, ils arrachent les feuilles, les herbes et les brindilles, puis les avalent tout rond. Ils accumulent ainsi leur nourriture dans leur estomac, qui est très grand. Quand celui-ci est bien rempli, ils vont s'étendre dans le sous-bois pour se reposer et digérer. On dit qu'ils ruminent.

L'orignal est friand de plantes aquatiques. Il est capable de plonger pour aller en chercher au fond de l'eau. En une seule journée, il mange l'équivalent de 90 grands bols de salade verte.

En hiver, la nourriture se fait rare. Le wapiti creuse des trous dans la neige, afin de trouver des herbes et des feuilles séchées.

Les parties du corps

Le corps du cerf est conçu pour lui permettre d'échapper à ses ennemis.

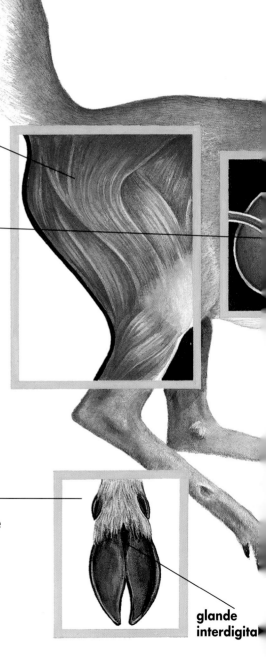

Muscles

Ses muscles puissants
en font un animal rapide
et résistant.

Estomac

Son estomac comprend quatre compartiments.
Le plus grand sert à emmagasiner la
nourriture. Quand celui-ci est bien plein, le
cerf va se reposer pour digérer. Il fait alors
remonter dans sa bouche le contenu de son
estomac, par petites quantités à la fois,
mastique bien le tout, puis l'avale de nouveau.

Sabots

Le cerf se déplace d'un pas alerte, sur la pointe
des pieds. Une glande située entre les sabots
de chacun de ses pieds sécrète une substance
très odorante. Le cerf signale ainsi sa présence
aux autres cerfs.

**glande
interdigita**

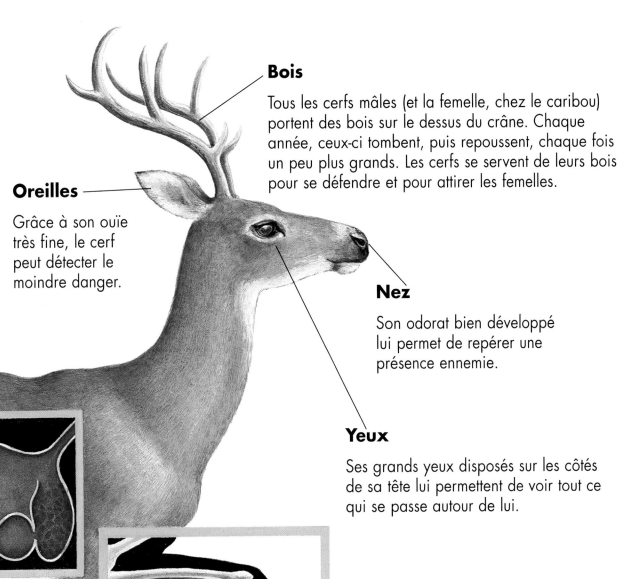

Bois

Tous les cerfs mâles (et la femelle, chez le caribou) portent des bois sur le dessus du crâne. Chaque année, ceux-ci tombent, puis repoussent, chaque fois un peu plus grands. Les cerfs se servent de leurs bois pour se défendre et pour attirer les femelles.

Oreilles

Grâce à son ouïe très fine, le cerf peut détecter le moindre danger.

Nez

Son odorat bien développé lui permet de repérer une présence ennemie.

Yeux

Ses grands yeux disposés sur les côtés de sa tête lui permettent de voir tout ce qui se passe autour de lui.

Os

Ses os sont légers mais solides. Ses longues jambes lui permettent de courir vite et de sauter haut. Le cerf peut franchir d'un seul bond une clôture de 2,5 m.

La manière de se déplacer

Tous les cerfs sont d'excellents coureurs et d'habiles nageurs. Ils peuvent ainsi échapper à leurs ennemis. Lorsqu'ils sont effrayés, ils filent à toute vitesse entre les arbres. Leurs longues jambes leur permettent de sauter par-dessus les rochers et les arbres morts qui jonchent le sol de la forêt.

Le cerf mulet peut adopter une course bondissante, où les pattes demeurent rigides. À la manière d'un lapin, il quitte le sol d'un mouvement de détente simultané de ses quatre pattes.

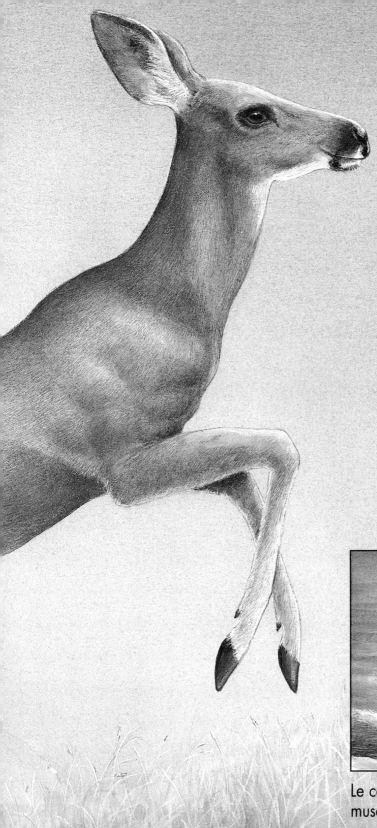

Le caribou est un habile nageur. Ses
muscles puissants et ses larges sabots lui
permettent de se déplacer rapidement
à la nage.

Les mœurs

Les wapitis et les caribous vivent en groupes, qu'on appelle «hardes». Ce mode de vie leur permet de mieux se défendre contre leurs ennemis.

L'original et le cerf de Virginie vivent en solitaires presque toute l'année. Mais, comme les autres espèces de cerfs, ils recherchent la présence de leurs semblables durant l'automne, afin de s'accoupler.

À l'époque du rut, le mâle s'approprie un territoire en le marquant de son urine. Il frotte aussi ses bois contre les troncs d'arbre, afin d'y laisser son odeur. Le wapiti mâle cherche à attirer les femelles en bramant. Chez l'orignal, c'est la femelle qui appelle les mâles de son cri.

Cet orignal est en pleine mue. Le velours de ses bois est en train de tomber. Après l'accouplement, les bois tomberont à leur tour. Le velours est une peau garnie de poils très fins, parcourue de vaisseaux sanguins qui nourrissent les bois pendant leur croissance.

Les cerfs mâles, comme ces wapitis, se battent avec leurs bois aux
pointes acérées. Celui qui remporte la bataille gagne le droit
de s'accoupler avec les femelles.

19

La naissance

Vers la fin du printemps, la biche donne naissance à ses petits, habituellement dans le sous-bois. Ce sont généralement des jumeaux, sauf chez les caribous et les wapitis, qui n'ont qu'un petit.

Quelques minutes après sa naissance, le faon se dresse sur ses pattes et se met à marcher en titubant. La biche l'emmène alors vers une nouvelle cache. Il y restera seul pendant près de deux semaines. Comme son corps ne dégage aucune odeur, les animaux sauvages qui voudraient le manger ne peuvent pas détecter sa présence. De cette façon, il est plus en sécurité que s'il restait auprès de sa mère. Mais la biche le surveille toujours, à distance. Et elle revient l'allaiter régulièrement.

Le faon du cerf de Virginie a des taches blanches sur le dos. Elles le rendent presque invisible quand il se cache dans le sous-bois.

La croissance et l'apprentissage

Le petit cerf se nourrit du lait maternel. Ce lait est très riche en éléments nutritifs. Il lui permet de grandir vite. À peine âgé de quelques semaines, le petit peut déjà suivre sa mère. Et il apprend à brouter, comme elle. La mère montre à ses petits comment se nourrir et comment échapper aux dangers de la forêt.

Le jeune cerf est fringant et débordant d'énergie. Il aime sauter, ruer et courir. Ces jeux lui permettent de développer sa musculature et d'apprendre à utiliser son corps.

À l'automne, le nouveau-né du printemps précédent est déjà grand. Chez les espèces où le petit a des taches sur le dos, celles-ci ont maintenant disparu, et le corps se couvre du pelage de l'adulte.

Le petit de l'orignal s'appelle un veau. Tout comme la plupart des petits cerfs, il reste auprès de sa mère pendant un an. Sa mère le défend farouchement contre tout autre animal qui s'en approche de trop près.

Moins d'une semaine
après leur naissance,
les petits cerfs
peuvent courir
plus vite
qu'un humain.

23

Les moyens de défense

Les cerfs se font souvent attaquer par des couguars ou des loups. Mais, parmi leurs ennemis, on compte aussi les ours, les coyotes, les lynx, les blaireaux et les aigles. Ces prédateurs ne sont peut-être pas assez rapides à la course pour attraper un cerf adulte. Mais ils sont une véritable menace pour les petits.

Face au danger, la plupart des cerfs réagissent en se cachant et en restant parfaitement immobiles. S'ils sont effrayés, ils se sauvent en courant. En foulant le sol de leurs sabots, ils laissent une odeur caractéristique. Celle-ci avertit les autres cerfs de la présence d'un danger.

La vie en groupe offre une meilleure protection que la vie en solitaire. Lorsqu'un caribou détecte un danger, toute la harde part au galop. Tout ce mouvement effraie les loups, qui ne savent plus où attaquer.

Lorsqu'il est effrayé, le faon du cerf de Virginie tape du pied. Il avertit ainsi les autres cerfs de la présence d'un danger.

L'orignal, qui vit en solitaire, est capable de faire face à une bande de loups. Les coups qu'il donne avec ses sabots et ses immenses bois sont souvent mortels.

Les cerfs et les humains

Pendant des millénaires, les peuples autochtones de l'Amérique du Nord se sont nourris de viande de cerfs et se sont vêtus de leur peau. Ils ne tuaient jamais plus de bêtes qu'il ne leur était nécessaire pour survivre. Puis, le continent a été colonisé par des Européens, qui se sont mis à chasser les cerfs en très grand nombre. Certaines espèces, comme le wapiti, ont presque disparu. Il existe maintenant des lois pour protéger les espèces animales menacées, et en particulier les cerfs.

Les cerfs, grands et petits, ont besoin de vastes régions boisées pour survivre. Lorsque les humains déboisent à grande échelle afin de construire des routes et des maisons, cela diminue les régions sauvages. En même temps, le nombre de couguars et de loups diminue. Mais, avec moins de prédateurs, les cerfs deviennent trop nombreux. La nourriture se fait alors rare. Certains en meurent. D'autres viennent saccager les récoltes des humains, afin de survivre.

Tous les cerfs ont besoin de nourriture, d'eau et d'un territoire où ils peuvent circuler. Ce faon du cerf mulet est élevé dans la nature. Il deviendra bientôt fort et vigoureux.

Les cerfs dans le monde

On compte environ 40 espèces de cerfs dans le monde. Elles se trouvent principalement en Amérique du Nord, en Amérique du Sud et en Asie.

Sur les autres continents, les cerfs ne sont pas des espèces indigènes. Mais on a réussi à en acclimater en Australie, en Nouvelle-Zélande, en Afrique du Nord et dans l'Antarctique, où on les trouve maintenant en petit nombre.

Europe et Asie

le chevreuil

le sika

le daim

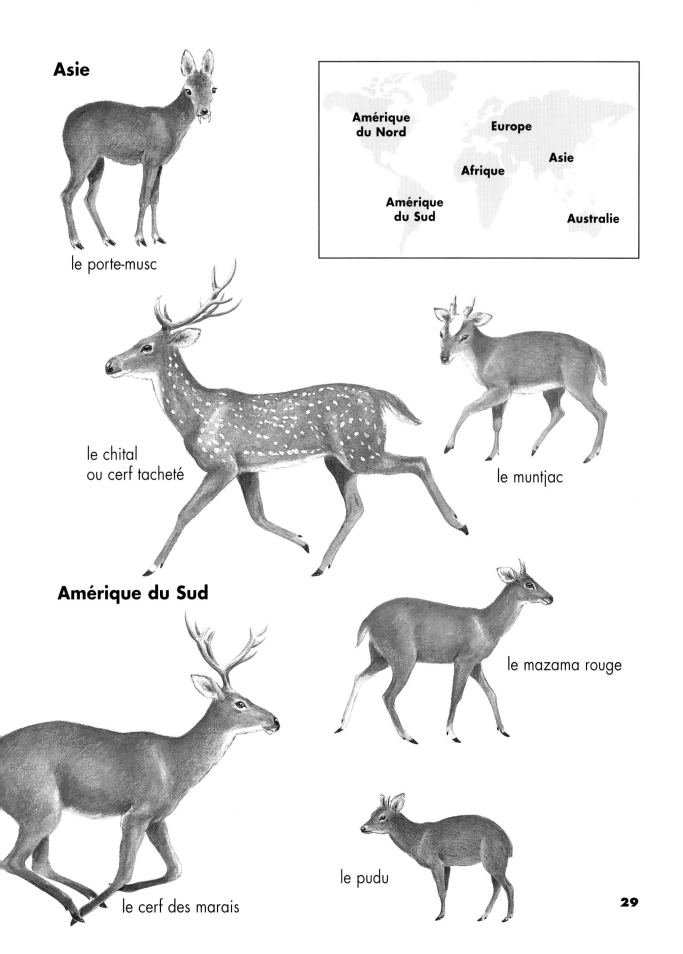

Asie

le porte-musc

Amérique
du Nord

Europe

Asie

Afrique

Amérique
du Sud

Australie

le chital
ou cerf tacheté

le muntjac

Amérique du Sud

le mazama rouge

le cerf des marais

le pudu

29

Les traces

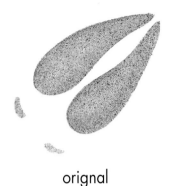

orignal

cerf de Virginie
et cerf mulet

caribou

Les pistes

Les grandes empreintes que tu vois à la page 31 sont celles
d'un orignal. Elles sont de grandeur nature.

Les excréments

Les excréments des cerfs (appelés fumées) sont les déchets
évacués par les cerfs. Les biologistes savent qu'on repère le
territoire d'un cerf à la présence de ses excréments. Ceux-ci
ressemblent à des boulettes de tourbe, à cause des brindilles
et des feuillages dont les cerfs se nourrissent.

wapiti

Les arbres abîmés

Les cerfs mâles frottent leurs bois contre les troncs de jeunes
arbres, afin d'en faire tomber le velours.

Les mots nouveaux

biche : la femelle d'un cerf. Mais on dit une orignale.

bramer : le cerf ne crie pas, il brame.

faon : le petit d'un cerf. Si c'est un orignal, on dit un veau.

fumées : excréments des cerfs.

gîte : les cerfs n'ont pas de véritable gîte. Lorsqu'ils veulent se reposer, ils s'étendent simplement sur le sol, dans le sous-bois.

harde : un groupe de cerfs d'une même espèce, qui vivent tous ensemble.

lichen : un végétal, souvent d'apparence mousseuse, qui pousse sur les rochers et le tronc des arbres. Les caribous en sont friands.

mammifère : un animal à sang chaud et à fourrure, dont les bébés sont vivants à la naissance et se nourrissent du lait maternel.

migrer : lorsque les cerfs changent de territoire suivant les saisons, on dit qu'ils migrent.

prédateur : animal ennemi d'une autre espèce. Les loups et les coyotes sont des prédateurs des cerfs.

rut : la période de l'année pendant laquelle les mâles et les femelles se rapprochent pour se reproduire.

sang chaud : un animal à sang chaud a le corps qui reste chaud, même si la température ambiante est froide.

toundra : une grande plaine sans arbres, dans l'Arctique.

veau : le petit de l'orignal. Pour les autres espèces de cerfs, on dit un faon.

velours : la peau garnie de poils très fins, qui recouvre les bois des cerfs.

Index

accouplement, 18, 19

âge, 27

alimentation, 4, 8, 10, 12, 13, 14, 22, 26, 27, 30

apprentissage, 22

arbres abîmés, 30

biche, 4, 20, 31

bramer, 6, 31

caribou, 4, 6, 7, 8, 10, 11, 15, 17, 18, 20, 24, 30, 31

cerf des marais, 29

cerf de Virginie, 6, 7, 9, 18, 20, 25, 30

cerf mulet, 4, 6, 7, 10, 16, 30

cerf tacheté, 29

chevreuil, 28

chital, 29

corps, 14, 15, 22
    bois, 4, 5, 7, 15, 18, 19, 25, 30, 31
    estomac, 12, 14
    fourrure, 7
    glandes, 14
    muscles, 14, 17
    nez, 15
    oreilles, 15
    os, 15
    pelage, 22
    poids, 6, 7
    queue, 7
    sabots, 4, 11, 14, 17, 24, 25
    velours, 18, 30, 31
    yeux, 4, 15

course, 14, 15, 16, 17, 22, 23, 24

croissance, 22, 23

daim, 28

empreinte, 30

ennemi, 12, 14, 15, 16, 18, 24

espèces, 6, 7, 18, 26, 28, 29

excréments, 30, 31

famille des cerfs, 4, 5

faon, 4, 20, 22, 23, 25, 27, 31. Voir aussi petit et veau.

fumées, 30, 31

gîte, 9, 31

habitat, 8, 9

harde, 10, 18, 24, 31

humains, 8, 26

jeu, 22

lait maternel, 4, 22, 31

lichen, 12, 31

mammifère, 4, 31

mazama rouge, 29

migration, 10, 31

moyen de défense, 7, 15, 16, 18, 22, 24, 25

muntjac, 29

nage, 16, 17

naissance, 10, 20, 23

orignal, 4, 5, 6, 8, 12, 18, 22, 25, 30

orignale, 10, 31

petit, 4, 10, 20, 22, 23, 24, 31. Voir faon.

piste, 30

porte-musc, 29

prédateur, 24, 26, 31

pudu, 29

renne, 7

repos, 9, 12, 14, 31

rut, 18, 31

sang chaud, 4, 31

sika, 28

taille, 5, 6

toundra, 8, 31

veau, 4, 22, 31. Voir faon.

wapiti, 4, 6, 8, 10, 13, 18, 19, 20, 26, 30